CARI AMICI RODITORI,
BENVENUTI NEL MIO MONDO,
IL MONDO DI

Geronimo Stilton

L'ECO DEL RODITORE
REDAZIONE

GERONIMO STILTON

Geronimo Stilton

IL FURTO DEL DIAMANTE GIGANTE

PIEMME

Testi di Geronimo Stilton
Coordinamento testi di Isabella Salmoirago
Coordinamento editoriale di Patrizia Puricelli
Editing di Alessandra Rossi

Art Director: Iacopo Bruno
Copertina di Roberto Ronchi (disegno) e Andrea Cavallini (colore)
Graphic Designer: Andrea Cavallini / theWorldofDOT

Illustrazioni pagine iniziali e finali: Roberto Ronchi (disegno) e Ennio Bufi MAD5 (disegno pag.123), Studio Parlapà e Andrea Cavallini (colore) | Mappe: Andrea Da Rold (disegno) e Andrea Cavallini (colore)

Illustrazioni della storia di WASABI! Studio (disegno) e Davide Turotti (colore)
Coordinamento artistico di Roberta Bianchi
Assistenza artistica di Lara Martinelli e Tommaso Valsecchi
Grafica di Yuko Egusa

Da un'idea di Elisabetta Dami
www.geronimostilton.com

Nuova Edizione 2016

info@edizpiemme.it

Anno 2016 - 2017 - 2018 Edizione 9 10 11 12 13 14 15 16 17 18 19 20

Stampa: ELCOGRAF S.p.A.
Via Mondadori, 15 - Verona

Questo libro è stato stampato su carta certificata FSC®

MISTO
Carta da fonti gestite in maniera responsabile
FSC
www.fsc.org
FSC® C115118

QUELLA SERA...

Quella sera, ritornai a casa dal **LAVORO** prima del solito, alle cinque del pomeriggio. Alle cinque e trenta, c'era la **PARTITA** della mia squadra preferita, il Rattonia.

NON POTEVO PERDERMELA!

Oh, scusate, non mi sono ancora presentato:

il mio nome è Stilton, *Geronimo Stilton*!
Dirigo l'*Eco del Roditore*, il giornale più famoso dell'Isola dei Topi!
Dunque vi dicevo, tornai a casa alle cinque del pomeriggio.
Mentre entravo in casa, il telefono squillò.
Quando alzai la cornetta, riconobbi la voce del mio amico Kornelius Van Der Kaciott.
Lui fa l'AGENTE SEGRETO: il suo nome in codice è Zero Zero Kappa.
Mi raccomando, è un segreto segretissimo segretissimissimo, non ditelo a nessuno nessuno nessuno!
Ma la linea cadde e non capii di che cosa stava parlando. Chissà che cosa voleva dirmi?
Decisi che l'avrei richiamato più tardi, subito dopo la partita che tanto aspettavo di vedere.
Per stare più comodo indossai la TUTA da gin-

ZERO ZERO KAPPA

NOME: Kornelius Van Der Kaciott

NOME IN CODICE: Zero Zero Kappa

PROFESSIONE: agente segreto per il Governo dell'Isola dei Topi.

CHI È: compagno delle elementari di Geronimo Stilton.

SEGNI PARTICOLARI: indossa sempre gli occhiali da sole, anche di notte e uno smoking superaccessoriato!

CURIOSITÀ: trova sempre modi misteriosi e bizzarri per comunicare, perché non vuole che i suoi messaggi vengano intercettati!

nastica gialla con il simbolo del Rattonia.
Mi preparai un PANINO al triplo formaggio, una bella fetta di crostata al gorgonzola, un bicchierone di frullato alla mozzarella...
Poi staccai, nell'ordine:

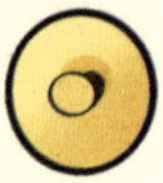

– IL CAMPANELLO DELLA PORTA!!!

– il telefono!!!

– IL CELLULARE!!!

– IL FAX!!!

– IL COMPUTER!!!

E CHIUSI ANCHE LE PERSIANE PER NON ESSERE DISTURBATO DA RUMORI ESTERNI!

Che bello!

Alle cinque e venticinque minuti ero pronto, anzi prontissimo!
Mi accomodai nella mia poltrona preferita e accesi la **TELEVISIONE**.
L'annunciatore esclamò: – E ora stiamo per **TRASMETTERE** la partita più importante dell'anno, *anzi* del secolo! Il Rattonia Football Club e il Roditorix Football Club si sfidano per il titolo di **CAMPIONE DELL'ISOLA DEI TOPI!**

Le due squadre scesero in campo correndo,
e si **allinearono** al centro...
Squillarono le note degli inni delle squadre...
Tutti i giocatori si strinsero la mano sportivamente, augurandosi: – Vinca il **migliore!**
Poi si scambiarono gli stemmi.
Mancavano pochi istanti al fischio d'inizio!
Che emozione!
Io strillai: – **Forza Rattonia! Alé alé alé!**
In quel momento, proprio in quel momento,
udii un rumore tremendo:

SBANG!!!

SBANG!!!

In quel momento, *proprio in quel momento,* la porta di casa mia si spalancò.

Anzi, per essere più precisi, venne completamente **ABBATTUTA!**

Mi girai sbalordito e vidi un veicolo schiacciasassi che avanzava verso di **ME!**

In casa **MIA!** Abbattendo i **MIEI** mobili!

Io gridai terrorizzato: – C-chi è???

Dallo **SCHIACCIASASSI** si affacciò un roditore di una certa età, dalla pelliccia color grigio-ferro e con il muso deciso.

Era mio nonno, **Torquato Travolgiratti, detto Panzer!**

Il famoso roditore che ha fondato l'*Eco del Roditore* e poi me l'ha affidato, perché lo dirigessi (e che circa una volta alla settimana mi MINACCIA di tornare a dirigerlo se non mi comporto bene!).

Strillai: – Nonno, perché hai abbattuto la porta?

Lui saltò giù dallo schiacciasassi con un balzo sorprendentemente AGILE per la sua età.

– Perché tu non rispondevi al campanello della porta!

Non rispondevi al telefono!
Non rispondevi al telefonino!
Non rispondevi al fax!
Non rispondevi all'e-mail!
E ho anche gridato fuori dalla finestra!

– Ehm, non ho risposto al campanello della

porta, al telefono, al telefonino, al fax, e all'e-mail perché non volevo essere **DISTURBATO** mentre guardavo la partita di calcio e...

– Ah, dimenticavo, mi ha chiamato un certo Van Der Kaciott, un tuo amico. Anche lui voleva mettersi in CONTATTO con te.

Io ero stupito: chissà perché Zero Zero Kappa voleva a tutti i costi parlare con me?

Lui sbuffò: – Calcio? Bah. Il calcio è niente, in confronto al GOLF. Capito, nipote?

Da quando ha lasciato l'*Eco del Roditore* il nonno si dedica solo al golf e, anche nel golf, mira alla perfezione assoluta!

Pretende di vincere tutte le gare!!

Pensa *sempre* e *solo* e *unicamente* al golf!!!

Lui acchiappò al volo il (mio) telecomando, si fiondò verso la (mia) televisione,

Tessera della Federazione Golf Roditori dell'Isola dei Topi

NOME: Torquato, detto Panzer

COGNOME: Travolgiratti

SOPRANNOME: il Mito del Golf

I SUOI MOTTI:
'Stanga che ti passa!'
'Chi tira piano, tira lontano!'
'Mira e colpisci!'

BREVE STORIA PERSONALE
Ha cominciato a giocare giovanissimo, quando ancora non riusciva a rosicchiare le croste di formaggio e mangiava solo formaggio molle!
La sua precisione di tiro col tempo è diventata leggendaria.
Ha vinto oltre 50 tornei, 20 dei quali nel RATÒN TOUR.
Ha conquistato anche i Topazia Open del 2000.
Attualmente è Presidente del Golf Club Topazia.

si spaparanzò nella (mia) poltrona,
rosicchiò il (mio) panino,
assaggiò la (mia) crostata
e si slurpò il (mio) frullato.
Sullo schermo, anziché lo Stadio di Topazia, comparve l'immagine di un campo di golf.
Io protestai: – Ma, nonno, scusa, sta per iniziare la partita di calcio!
– Nipote, sta per iniziare il CAMPIONATO DI GOLF DEL TOPIKISTAN. La mia televisione non funziona, per cui lo guarderò sulla tua...
– Ma io voglio vedere la partita di calcio!
Il nonno strinse il telecomando tra i denti:
– Niente da fare, nipote! Il telecomando non si tocca, non ci provare: guai a chi cambia CANALE!
Io telefonai a tutti i miei amici, ma

NESSUNO rispose, avevano tutti staccato il telefono per guardare la partita! (*Beati loro!*).

Chiamai il bar dell'angolo, per sapere se trasmettevano la partita, ma era chiuso.

Pensai alla tivù dell'*Eco del Roditore*, ma mi ricordai subito che era ROTTA! Disperato, chiamai tutti i negozi di elettrodomestici del quartiere, per comprarmi una nuova tivù, ma non rispondevano: evidentemente stavano GUARDANDO la partita anche loro!

Insomma, in quel momento, l'unico che non stava guardando quella storica partita ero io. *Povero me!*

Per di più, come se non bastasse, il nonno mi costrinse a rimanere alzato fino a tardi, per guardare con lui il campionato di golf.

Intanto tutta Topazia stava guardando la par-

tita di calcio: ogni tanto dalla finestra sentivo i boati della folla e mi chiedevo: – Chissà se il Rattonia ha fatto una bella AZIONE...

Sarà stato un calcio di rigore?

Oppure sarà una punizione?

Avranno fatto GOL?

Oppure saranno stati gli avversari a segnare?

Insomma, era un vero tormento non sapere se la mia squadra del cuore stava *vincendo* o PERDENDO...

Quando il nonno finalmente spense la tivù e se ne andò a casa, ormai era mezzanotte.

Io andai a dormire, con la casa distrutta e con il morale sotto i tacchi.

Fu allora che udii un rumore alla finestra...

Era un PICCIONE viaggiatore, con un messaggio di Zero Zero Kappa per me.

Decisi che l'avrei chiamato il giorno dopo, ormai era troppo tardi.

Chissà che cosa voleva dirmi?

LA MATTINA DOPO...

La mattina dopo, in ufficio, scoprii che la mia squadra del cuore aveva *vinto*.

Tutti commentavano allegramente la partita.

– Che **BELLA** partita di calcio!

– È stata proprio la partita del **SECOLO!**

– Che vittoria **STRATOPICA** per il Rattonia!

– E a te, Geronimo, è piaciuta la partita?

Io rispondevo triste: – Ehm, veramente io non l'ho vista.

Per tirarmi su di morale, annunciai ai miei collaboratori: – Dato che il Rattonia ha vinto, offro la colazione: **CAPPUCCINO** e **BRIOCHE** al gorgonzola per tutti!

Per poco, però, non mi strangolai: nella brioche c'era un FOGLIO di carta arrotolato... con un messaggio!

Stavo per chiamarlo, ma proprio allora il nonno entrò in redazione come un vero **tornado**.

– Che cosa sono tutti questi festeggiamenti? Tutti al posto di lavoro, dai, **SCATTARE, SCATTAREEEE, SCATTAREEEEEEEEE!**

Entrammo nel mio ufficio e lui chiuse la porta a chiave: – Nipote, tra poco si giocherà a Topoforte la gara di golf più importante

dell'Isola dei Topi. Chi vince avrà la Super Topocoppa: è d'oro massiccio, con incastonato un DIAMANTE GIGANTE di valore inestimabile!
Io commentai: – INTERESSANTE, ma...
Il nonno sussurrò: – Ho bisogno che tu mi accompagni, nipote! Mi serve un *caddie** che mi porti la sacca da golf, che non racconti a nessuno i miei segreti di gioco, ma soprat-

* **Caddie:** *è il portamazze. Però, è anche un consulente tecnico e strategico durante la gara.*

tutto che sia fidato, perché si mormora... che *qualcuno* voglia giocare in modo scorretto.

– Nonno, io ti accompagnerei volentieri, ma...

– Niente storie, nipote, ho assolutamente bisogno che tu **VENGA** con me!

Appena accettai di accompagnarlo (*non avevo altra scelta!*), lui rapidissimo scattò verso la porta.

Mi parve anche che **ridesse** sotto i baffi!!!

– Tra un'ora ci vediamo all'aeroporto. Ho già acquistato il biglietto aereo anche per te.

SCATTARE, SCATTAREEEE, SCATTAREEEEEEEEE!

Nella confusione, dimenticai di richiamare Zero Zero Kappa.

IN VIAGGIO CON IL NONNO!

Mi precipitai a preparare la valigia.
Appena entrai, il telefonò trillò.
Era il nonno: – Nipote, scattareeeeeeeee! CORRI all'aeroporto. E porta poco bagaglio, non più di un chilo, anzi magari meno.

Io tentai di protestare, ma lui aveva già riattaccato.

Un'ora dopo mi presentai all'AEROPORTO, con una valigina che conteneva l'essenziale, ma non vidi mio nonno.

A un tratto sentii una voce:
– NIPOTEEE!

Mi guardai attorno, ma non vidi nessuno. C'era solo una MONTAGNA di bagagli in un angolo. Poi spuntarono un muso, un paio di occhiali grigi e un paio di baffi ...

– Sono qui, nipote! Qui!!!

I PORTAFORTUNA DI NONNO TORQUATO

GUFETTO DI LEGNO: PORTA FORTUNA A LUI E SFORTUNA AGLI AVVERSARI

FOTO DELLA PROZIA CIACCOLA: LO CONVINSE A IMPARARE A GIOCARE A GOLF

UN PORTACHIAVI CON IL NUMERO 18: GLI È STATO REGALATO DA SUO ZIO QUANDO HA VINTO IL SUO PRIMO TORNEO

UNA PALLINA DA GOLF TUTTA SBUCCIATA E GIALLINA

UNA COPPA IN ARGENTO: LA PRIMA COPPA CHE HA VINTO

FOTO DEL PRIMO MAESTRO DI GOLF DI TORQUATO

UN'ALTRA COPPA IN ARGENTO: L'ULTIMA COPPA CHE HA VINTO

Io fui costretto a trascinare quell'enorme mucchio di bagagli fino al check-in*, dove l'impiegato ci fece pagare una **SUPERMEGATASSA**, perché il bagaglio pesava troppo!
In quel momento l'altoparlante annunciò:
– IL SIGNOR VAN DER KACIOTT ATTENDE IL SIGNOR STILTON ALLA PORTA D'IMBARCO PER TOPOFORTE!
Quando arrivammo alla porta d'imbarco c'era solo un tipo, *anzi un topo,* che leggeva il giornale. Dal giornale **sPuntavano** solo i baffi...
Era Zero Zero Kappa!
Sussurrò: – Devo dirti una cosa importante...
Ma il nonno mi trascinò via: – Presto o perdiamo il volo! **TORQUATO TRAVOLGIRATTI**, IL MITO DEL GOLF, non può perdere l'aereo!
Feci solo in tempo a dire: – Ti chiamooo...
Da lontano sentii che Kornelius urlava

***Check-in:** *controllo d'imbarco. Il passeggero, prima di salire sull'aereo, deve far controllare il biglietto e consegnare i bagagli ingombranti.*

qualcosa, ma capii solo: – ... OOOLLLFFF!

Chissà che cosa significava? Mah!

Appena l'aereo partì, il nonno iniziò a martellarmi con mille richieste.

– Nipote, chiedi per cortesia alla hostess un bicchiere d'ACQUA!!! ①

– Nipote, chiedi per cortesia alla hostess un caffè bollente!!! ②

– Nipote, chiedi per cortesia alla hostess un giornale!!! ③ E dille pure che è per TORQUATO TRAVOLGIRATTI, IL MITO DEL GOLF!

E se tentavo di appisolarmi, lui mi scuoteva:

– Nipote, non vorrai certo perdere tempo dormendo!

Mi mise in mano un libretto, *Breve storia del Golf,* e strillò: – Nipote, studialo a memoria, che poi ti interrogo! ④

Che viaggio tremendo!!!

IN AEREO CON IL NONNO!

ABC DEL GOLF

STORIA DEL GOLF

Il golf ha origini incerte: si diffuse dapprima in Scozia nel XV secolo, dove fu fondata la Royal and Ancient Golf Club di Saint Andrews (1553), poi in tutta la Gran Bretagna nel XVIII secolo.
Raggiunse l'Italia solo ai primi del Novecento con la fondazione del Circolo Golf di Roma.

REGOLE DEL GOLF

Le regole del golf sono tante e complicate, perché su queste influiscono le caratteristiche del campo, la situazione ambientale, gli 'handicap' cioè i vantaggi e gli svantaggi assegnati ai giocatori.
Prima regola fra tutte, però, è il fatto che ognuno è tenuto a essere corretto, onesto e rispettoso del gioco.

CAMPI DA GOLF

I campi da golf, in genere, sono composti da 9 o 18 buche posizionate a distanza diversa. Hanno forme differenti e varie difficoltà di percorso. Dalla buca al punto di partenza, la distanza può variare tra i 100 e i 500 metri.

COME SI GIOCA A GOLF

Il golf è uno sport che si pratica su un campo aperto. Il giocatore deve inviare una pallina in apposite buche, usando diversi tipi di mazze (legni e ferri) e con il minor numero di colpi possibile. Un arbitro controlla lo svolgimento del gioco.

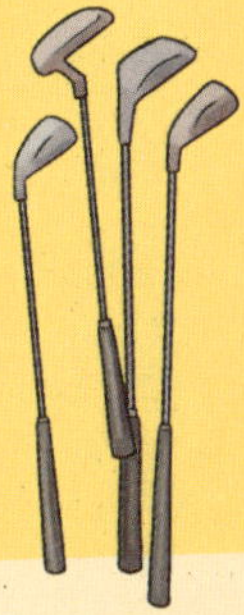

IN ALBERGO CON IL NONNO!

Quando finalmente arrivammo nel nostro albergo a Topoforte, ero talmente STANCO che mi buttai sul letto e mi addormentai così com'ero, vestito.

La mattina dopo mi svegliai all'ALBA perché il nonno mi spalancò la finestra sul muso e una ventata di aria gelida mi fece frullare i baffi. BRRRRRRRR! Che freddo!

Nonno Torquato, fresco come una rosa, tuonò: – SCATTAREEEEEEEEE!

Devi ordinarmi la colazione! Voglio un caffè bollente, una spremuta di pompelmo gelata e una piccola brioche farcita al gorgonzola! E...

mi raccomando, devi dire che sono per tuo nonno **TORQUATO TRAVOLGIRATTI,** IL MITO DEL GOLF!

Cinque minuti dopo, sbuffò: – Perché non è ancora arrivata la colazione? Richiamali!

– Ma sono passati solo 5 MINUTI, nonno!

Quando la colazione arrivò, il nonno protestò:

– Richiamali subito: il caffè era FREDDO, la spremuta sapeva quasi di risciacquatura di piatti e la brioche era ammuffita! E voglio un giornale, e fammi stirare i pantaloni! Devi dire loro che sono per tuo nonno **TORQUATO TRAVOLGIRATTI,** IL MITO DEL GOLF! Poi dovetti protestare perché il giornale era spiegazzato e i pantaloni erano stirati male!

Infilato nel giornale, c'era un foglio:

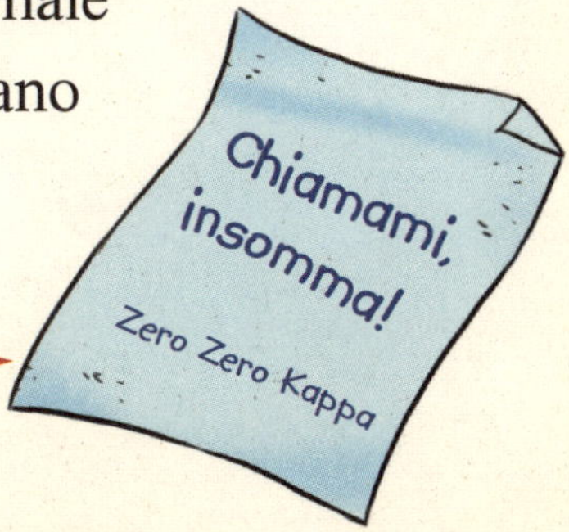

Stavo per **telefonare** al mio amico Zero Zero Kappa, ma il nonno mi trascinò fuori: eravamo in ritardo per andare al **GOLF!**

Quando scendemmo e passammo davanti alla portineria, tutti mi **INDICARONO** bisbigliando: – Ecco, è lui, *Geronimo Stilton*, quello che telefona a raffica, lamentandosi sempre

di tutto! Ora esce, va a giocare a golf con suo nonno! Poveretti quelli del CAMPO GOLF... Scommetto che si lamenterà dicendo che l'erba non è abbastanza verde, che il cielo non è abbastanza azzurro e il vento non è abbastanza fresco!

Oh, come mi vergognavo!!!

Il nonno ordinò di chiamargli un taxi: – Devi dire che è per **TORQUATO TRAVOLGIRATTI, IL MITO DEL GOLF!** E mi raccomando, digli di scattareeeeeeee!

FINALMENTE AL GOLF!

Finalmente arrivammo al CAMPO GOLF.

Il nonno saltò giù dal **TAXI** con i baffi che frullavano dal nervoso, protestando con il tassista: – Il suo taxi PUZZA di pipì di gatto, non le do la mancia!

Il tassista sgommò via, strillando: – Mai più prenderò a bordo dei golfisti! Mai più!

Mai piùùùùùùùùùùùùùuuu!

Entrai nella CLUB HOUSE, l'edificio dove si trovano la segreteria, il bar, il ristorante e gli SPOGLIATOI per i giocatori e le giocatrici.

Poi il nonno mi condusse in una sala piena di ANTIFURTI e alcune misure di sicurezza: telecamere, raggi infrarossi, sensori di movimento. Al centro della stanza si trovava la COPPA più grande che avessi mai visto: era in oro massiccio, alta e larga come un topo, e con incisa la scritta 'SUPER TOPOCOPPA DI TOPOFORTE - TORNEO DI GOLF A COPPIE'. Vi era incastonato un diamante purissimo, grosso come il pugno di un roditore.
– Ma questa coppa avrà un VALORE enorme!
Il nonno rispose soddisfatto: – Hai visto quante misure di sicurezza? Questa è la coppa più preziosa del mondo e verrà assegnata ai due vincitori del Torneo di Golf a Coppie. Ma fra un anno, i vincitori dovranno restituirla.
Chiese severamente: – Se tu la vincessi, la RESTITUIRESTI, vero?

È bellissima!
La Super Topocoppa, secondo tradizione, viene consegnata ogni anno al vincitore del Torneo di golf a coppie, competizione che ormai da decenni si gioca a Topoforte.

– Certo! – risposi. – Rispetto sempre le REGOLE, di qualsiasi gioco! Io sono un *gentiltopo!*
Lui mi batté una zampa sulla spalla. – Bravo, nipote. RISPETTARE le regole del gioco, significa rispettare gli altri giocatori e rispettare se stessi: l'onore di un topo non ha prezzo.
In quel momento giunsero due amici del nonno: Topy Topigliano e Peter Holeinone, che giocavano in COPPIA.

– E tu, con chi giochi, Torquato? – chiese uno.

– Dovrei giocare con un caro vecchio amico di New York, Klondyke MacMouse, che viene a Topoforte apposta per il **TORNEO**. Ma non capisco perché non sia ancora arrivato...

Proprio in quel momento il telefonino trillò.

Il nonno **IMPALLIDÌ** e **GRIDÒ**:

– Cosacosacosa? – Poi si strappò i baffi per la disperazione: – Hai perso l'aereo??? E adesso con chi giocherò?

Fu allora che mi fissò con uno sguardo di **FUOCO**: – Giocherai tu al posto di Klondyke! Da giovane eri un campioncino, anche se poi hai smesso di giocare e non ho mai capito il perché! Eri una giovane promessa, degno nipote di tuo nonno **TORQUATO TRAVOLGIRATTI, IL MITO DEL GOLF.**

Io protestai: – Ma nonno, non gioco da anni...

Poi, dato che insisteva, dissi: – Va bene, ci penserò.

IL MISTERO DI ZERO ZERO KAPPA

Mentre rosicchiavo un panino nel bar della Club House, *qualcuno* da dietro una colonna allungò un braccio e mi batté sulla spalla:

— Psssssssst!

Chi era??? Era lui, Zero Zero Kappa, il mio amico Agente Segreto!
Sussurrò, da dietro la colonna: – Geronimo, è da ventiquattr'ore che devo PARLARTI!
Io mi scusai: – Ti prego di perdonarmi, ma mio nonno non mi ha lasciato il tempo di richiamarti. Che cosa dovevi dirmi?
Lui sorrise, sollevando il labbro di un millimetro: – Volevo dirti... che avevo bisogno che tu venissi QUI! Ma per fortuna, ci sei venuto comunque.
Io ero stupito: – Eeeeh? Volevi chiedermi di venire QUI? Ma perché proprio QUI?
– Geronimo, sono QUI in missione segreta per conto del governo dell'Isola dei Topi! Abbiamo saputo da fonti segretissime che UNO DEI GIOCATORI sta progettando di rubare la Super Topocoppa d'oro mas-

siccio con incastonato il famosissimo
DIAMANTE GIGANTE!
Abbassò ancora di più la voce: – Pare che voglia rivenderla ai GATTI PIRATI...
Esclamai scandalizzato: – Chiunque sia è un vero furfante! Dimmi, come posso aiutarti?
– Ecco che cosa devi fare. So che il compagno di tuo nonno non si è presentato: tu dovresti GIOCARE al suo posto in coppia con Torquato. Così, mentre io terrò d'OCCHIO la coppa, tu terrai d'occhio i giocatori e se qualcuno prova a rubarla... ZAC, lo acciuffiamo subito!
Sai, doveva giocare mia sorella Veronica, ma è caduta dai TACCHI e si è slogata una caviglia!

Io ero allibito: Zero Zero Kappa mi racconta sempre storie stranissime.

ZERO ZERO VÌ

NOME: Veronica Van Der Kaciott

NOME IN CODICE: Zero Zero Vì

PROFESSIONE: Agente Segreto per il Governo dell'Isola dei Topi.

CHI È: la sorella di Zero Zero Kappa.

SEGNI PARTICOLARI: mette sempre un profumo delicato e misterioso

CURIOSITÀ: ha una vera passione per il golf e... per gli abiti da golf! Ha cercato per tutti i negozi di Topazia e Topoforte, la sua sacca da golf rosa e il suo completino verde prato.

– Cosa? Tua sorella? I tacchi? La caviglia?
Lui mi chiese: – Vai tu al torneo, per favore!
– Ma io non gioco a golf da anni!
Avrei fatto una figura ORRENDA: non ricordavo più niente del golf, tranne che la

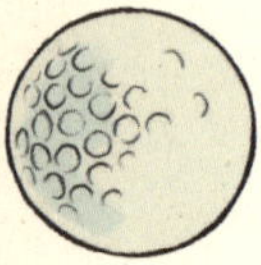

PALLINA con cui si gioca è rotonda!
Lui, però, insistette.
– Ti prego, Geronimo, te lo chiedo in nome della nostra amicizia!
Zero Zero Kappa conosce il mio punto DEBOLE: io non nego mai il mio aiuto a un amico in difficoltà. Così promisi di aiutarlo.
Lui mormorò: – Grazie, sei un vero amico!

Poi notai: – Non ho niente da mettermi.
Lui ridacchiò: – Non preoccu-

parti, ti farò trovare io degli abiti da golf nello spogliatoio.

Tornai dal nonno: – Ehm, mi è venuta improvvisamente voglia di partecipare alla gara.

Lui era commosso: – Bravo, nipote!

Ora *scatta* a **iscriverti** al Torneo.

Poi *scatta* a **vestirti!**

Poi *scatta* a fare una **LEZIONE DI GOLF**, per non farmi fare brutte figure!

Infine *scatta* alla partenza della BUCA 1!

SCATTAREEEEEEEE!

Scattai fino allo spogliatoio dei giocatori e trovai degli abiti da golf, ma erano... strani!

Li guardai uno a uno, un po' **PERPLESSO**.

Poi strillai: – Ma io non posso mettermi... questi abiti!

Erano di Veronica, la sorella di Zero Zero Kappa...

Ecco che cosa trovai:

1. Il maglioncino verde di Veronica Van Der Kaciott (troppo stretto per me)!

2. Le scarpe da golf verdi di Veronica Van Der Kaciott (troppo piccole per me)!

3. Il cappellino verde di Veronica Van Der Kaciott (troppo verde per me)!

4. La sacca da golf di Veronica Van Der Kaciott, con le sue mazze (troppo corte per me).

Conclusione: ero troppo troppo troppo ridicolo.

Decisi che avrei gareggiato indossando i miei soliti abiti e che avrei noleggiato delle mazze da golf. Ci tengo all'*eleganza* io!

Ecco gli abiti di Veronica!

Una lezione superconcentrata

Quando fui pronto, *(si fa per dire)*, mi presentai al maestro di golf, un certo **TOPARIO TOPINI**, che mi chiese cortesemente: – Posso aiutarla?

Io dissi, tutto d'un fiato: – Siperfavore, devofareunagaraconmiononno, hounafrettatremenda, midiaunalezionesuperconcentrata!

– Una lezione **SUPERCONCENTRATA?** – balbettò lui.

Io strillai: – Prestooooooooooo!

Il poveretto fece ciò che poteva, facendomi tirare cento palline, una dopo l'altra, a raffica, tanto per farmi scaldare i **MUSCOLI**.

Una lezione superconcentrata

Poi mi batté una zampa sulla spalla. – In bocca al gatto e auguri! Ne avrà bisogno...
Corsi alla partenza della Buca numero 1, ma impallidii. Davanti a me c'era... SALLY RASMAUSSEN!!!
La direttrice della GAZZETTA DEL RATTO, il giornale concorrente dell'*Eco del Roditore*!
Con lei c'era una vecchietta: sua nonna!!!
Era stata lei a fondare vent'anni prima la GAZZETTA, proprio quando mio nonno avviò l'*Eco del Roditore*!!!
La nonna era una roditrice SECCA secca, con i capelli grigi e una verruca proprio sulla punta del naso. Portava lenti spesse un palmo e dietro le lenti intravedevo occhietti di color azzurro sbiadito. Il nonno si presentò: – Io sono TORQUATO TRAVOLGIRATTI, IL MITO DEL GOLF!

Lei strillò aggressiva: – E io invece sono Molly Rasmaussen, LA LEGGENDA DEL GOLF!
Quando capii che avrei giocato la partita con il nonno *(ormai avrete capito che tipo è!)*, Sally *(lei si definisce la mia Nemica Numero Uno!)* e sua nonna *(una vecchietta tremenda!)*, mi sentii MANCARE...
Poi tentai di riprendermi.
Mi inchinai e baciai la zampa di Molly.
Perché io sono un gentiltopo sempre e comunque!!!

Tessera della Federazione Golf Roditori dell'Isola dei Topi

NOME: Sally

COGNOME: Rasmaussen

SOPRANNOME:
La tigre del golf

I SUOI MOTTI:
'Sul green comando io!'
'Guai al caddie disattento!'
'Al topo saggio non manca il coraggio!'

BREVE STORIA PERSONALE:
Ha imparato ogni segreto del golf da sua nonna Molly!
Se nella vita è famosa per la sua scorrettezza, nel golf non ammette imbrogli!
È una questione di etichetta!

FEDERAZIONE GOLF RODITORI FGR DELL'ISOLA DEI TOPI

TESSERA DELLA FEDERAZIONE GOLF RODITORI DELL'ISOLA DEI TOPI

NOME: Molly

COGNOME: Rasmaussen

SOPRANNOME:
La Leggenda del Golf

I SUOI MOTTI:
'Tira in buca, chi tira lento!'
'Rosso di sera, buca sicura!'
'Chi dorme non lancia in buca!'

BREVE STORIA PERSONALE:
Fuoriclasse del golf, ha conquistato i green di tutta l'Isola dei Topi. Ha vinto moltissimi trofei e si è dichiarata più volte disposta a tutto, pur di vincere la Super Topocoppa. Ma non ci è mai riuscita!

– Lieto di conoscerla, signora, sarà un piacere giocare con lei, vinca il MIGLIORE e...
Lei mi strappò la mano dalla bocca, tirandomi un'anellata tremenda sul muso con un enorme anellazzo d'oro, che risuonò sonoramente: – Stunc!

– VINCEREMO io e mia nipote, in nome della GAZZETTA DEL RATTO! Dai, tira, pivello!

TI FACCIO VEDERE IO COME SI GIOCA A GOLF!

Mio nonno ordinò minaccioso: – Nipote, dobbiamo tenere alto l'onore dell'*Eco del Roditore*. Dai, tira e guai a te se SBAGLI!

Per mille mozzarelle, perché mi ero lasciato trascinare in quell'avventura?

Perché, perché, perché???

Mappa del Campo da Golf
1
8
11
9
12
10
7
15
6
4
5
13
3
1. Ingresso
2. Parcheggio
3. Segreteria
4. Spogliatoi
5. Campo pratica
6. Ristoro
7. Biblioteca
8. Ristorante/Bar

2
5
8
4
3
16
6
7
17
18
2
1
14

BUCA 1

Prima di giocare, ciascuno mostrò agli altri giocatori la propria PALLINA, per identificarla durante la partita e non scambiarla con quella degli altri.
Io mostrai la mia pallina: **ECCOLA!**

BUCA 1

Molly Rasmaussen si tolse gli occhiali e girò e rigirò la mia pallina molto a lungo per controllarla. Strano!

Io tirai.

Il nonno tirò.

Sally tirò.

Molly tirò...

Ma sbagliò direzione e mi colpì sul cranio!

SBOINGGGGGGGGG!

Improvvisamente vidi tutto nero e andai giù come un BIRILLO.

Mentre perdevo i sensi, sentii la nonna di Sally URLARE: – Geronimo Stilton non può continuare la gara! La squadra dell'*Eco del Roditore* si ritira!

Mio nonno urlò: – Macché, noi non ci ritiriamo! Presto, portate un secchio d'ACQUA! Ci penso io a rianimare mio nipote!

Mi inondò di acqua gelata e mi RIPRESI, anche se la testa mi girava come una centrifuga e avevo un bernoccolo sul cranio.

MOLLY RIDACCHIAVA SOTTO I BAFFI.

Strano!

BUCA 2

Alla BUCA 2, la pallina finì in cima a un ALBERO secolare.

Dovetti salire sull'albero per giocarla!

MOLLY RIDACCHIAVA SOTTO I BAFFI.

Strano!

BUCA 3

Alla BUCA 3, la pallina finì tra i CACTUS, che erano stati piantati ai bordi del campo per renderlo più esotico.

Dovetti giocare in mezzo alle spine e alla fine sembravo un PUNTASPILLI!

Avrei voluto interrompere la gara, ma il nonno ordinò:

– Nipote, finché respiri... puoi giocare!!!

MOLLY RIDACCHIAVA SOTTO I BAFFI.

Strano!

BUCA 4

Alla BUCA 4, la pallina mi finì proprio dentro a un nido di VESPE. Dovetti giocare in fretta, mentre gli insetti mi pungevano dappertutto!

MOLLY RIDACCHIAVA SOTTO I BAFFI.

Strano!

Buca 5

Alla Buca 5, la pallina finì proprio dentro uno degli ostacoli del campo da golf: il *bunker*, cioè una fossa piena di sabbia.
Ogni volta che tentavo di tirarla, questa **AFFONDAVA** sempre più in basso...
Fu così che in un attimo mi ricoprii di sabbia fino ai baffi!

MOLLY RIDACCHIAVA SOTTO I BAFFI.

Strano!

BUCA 6

Alla BUCA 6, la pallina finì proprio in mezzo a... un **ESCREMENTO** di mucca, giusto al confine del campo da golf.

Quando tirai... **SPLASHHH!!!**

Che puzza!

Mi ritrovai immerso in una nuvola di moschini.

MOLLY RIDACCHIAVA SOTTO I BAFFI.

Strano!

BUCA 7

Alla BUCA 7, puzzavo talmente tanto che il Segretario della Lega Golf Roditori in persona venne a chiedermi di LAVARMI... dato che il vento portava la mia puzza anche agli altri giocatori! Il nonno mi inondò con la canna dell'acqua e mi BAGNÒ dalla punta dei baffi alla punta della coda.

MOLLY RIDACCHIAVA SOTTO I BAFFI.

Strano!

BUCA 8

Alla BUCA 8, la pallina finì di nuovo su un albero, ma questa volta dentro un NIDO! La cercai rovistando tra un passerotto e l'altro... e poi dovetti giocare con un *uccellino* appollaiato sulle orecchie.

MOLLY RIDACCHIAVA SOTTO I BAFFI.

Strano!

BUCA 9

Alla BUCA 9, eravamo a metà percorso. Molly mi offrì un panino al gorgonzola triplo. Io ero stupito da tanta generosità e accettai ringraziando gentilmente.

Cinque minuti dopo averlo mangiato, però, cominciai ad avere tremendi gorgoglii allo stomaco. Dovetti CORRERE al gabinetto che c'era alla buca 9!

Ma quando tentai di uscire mi accorsi che... la porta era BLOCCATA!

Qualcuno mi aveva chiuso dentro!

Ci vollero 10 minuti per farmi uscire.

Tutti mi guardarono severamente.

– Vergogna, non si fanno aspettare i compagni di gioco!

Tentai di spiegare: – Ma io... il panino... *cioè* il GABINETTO... *cioè* la porta...

Nonno Torquato urlò: – Dai, tira la pallina e non se ne parli più!

MOLLY RIDACCHIAVA SOTTO I BAFFI.

Strano!

1
2
3
4
5
6
AIUTOOO!

BUCA 10

Alla BUCA 10, feci una fatica **tremenda** a giocare, perché (ancora per colpa del panino di Molly) dovevo continuamente correre dietro a un **CESPUGLIO**, dotato di carta igienica, mentre il nonno gridava: – Dai, nipote, sbrigati, tocca a te giocare!

MOLLY RIDACCHIAVA SOTTO I BAFFI.

Strano!

Strano!

BUCA 11

Idem come la buca 10!

MOLLY RIDACCHIAVA SOTTO I BAFFI.

Strano! Strano!

Strano! Strano!

Strano!

Strano!

Strano!

BUCA 12

Idem come la BUCA 10 e la BUCA 11!

MOLLY RIDACCHIAVA SOTTO I BAFFI.

Strano!

Strano!

Strano!

Strano!

Strano!

Strano!

Strano!

BUCA 13

Alla Buca 13, la pallina finì in mezzo al FANGO. Il nonno tuonò: – Nipote, tuffati e giocala dal fondo!

Dovetti TUFFARMI.

Il fondo era fangoso e quando uscii sembravo il Mostro delle Paludi, completo di ranocchio appollaiato sulla testa.

MOLLY RIDACCHIAVA SOTTO I BAFFI.

Strano!

BUCA 14

Alla BUCA 14, mi misi a calcolare il nostro PUNTEGGIO e lo comunicai al nonno:

– Nonostante tutto, stiamo giocando BENE!

Lui tuonò: – Nipote, non devi dirlo, porta SFORTUNA!

Io mi corressi: – Allora stiamo andando MALE.

– Non dire neanche questo!

Io non ne potevo più. – Ma allora come stiamo andando?

– Stiamo ANDANDO e basta. Gioca e taci!

Ah, che pazienza mi ci voleva!

MOLLY RIDACCHIAVA SOTTO I BAFFI.

Strano!

BUCA 15

Alla BUCA 15, quando infilai la zampa nella BUCA per riprendere la mia pallina... lanciai uno strillo: – **Aaaagh, un serpenteee!**

Era un serpente di gomma, uno scherzo di qualcuno.

Chissà di chi?

MOLLY RIDACCHIAVA SOTTO I BAFFI.

Strano!

BUCA 16

Alla BUCA 16, la mia pallina arrivò fino alla buca, poi tornò INDIETRO!

MOLLY RIDACCHIAVA SOTTO I BAFFI.

Io cominciavo a trovare tutto ciò molto strano! Molto strano!

BUCA 17

Alla BUCA 17, Zero Zero Kappa mi sussurrò: – Mi ci è voluto un po' per capirlo, ma adesso ne sono certo: MOLLY STA BARANDO!

Io ero stupito: – Cosacosacosa?

– Molly utilizza una pallina **truccata!** La dirige con un telecomando, per mandarla in buca! **OSSERVALA** bene!

Quando arrivammo sul green, la palla di Molly era molto lontana dalla buca.
Allora notai qualcosa di strano!
Molly ridacchiò sotto i baffi.
Poi mise la mano nella tasca dei pantaloni.
Armeggiò misteriosamente, come se accendesse qualcosa e io sentii un rumore: – CLIC!
Poi tirò.
Infilò la mano in tasca a io sentii:

– BZZZZZZZZZZZZZZZZZZZZ...

Stava dirigendo la pallina a distanza con un TELECOMANDO!
La pallina iniziò a correre verso la buca.
Girò a destra, poi a sinsitra, ZIGZAGÒ per evitare un avvallamento nel prato, girò intorno alla buca... e vi finì dentro.

PLOINGGGGG!

PALLINE SOSPETTE

Anche il nonno si era accorto che c'era qualcosa di strano e mi sussurrò all'orecchio:

– Nipote, non ho mai visto una PALLINA comportarsi così!

In quel momento sbucò da dietro un ALBERO il mio amico Zero Zero Kappa.

Lui balzò verso la buca per raccogliere la pallina e anche la nonna di Sally Rasmaussen si slanciò verso la buca, ma lui fu più RAPIDO.

Zero Zero Kappa sollevò la pallina verso l'alto e il sole la fece brillare.

Lui disse: – Ora guardate tutti con attenzione.

Non notate qualcosa di STRANO?!?

Io la esaminai. Sembrava **normale**.

Però mi accorsi che emetteva un leggerissimo ronzio... Sembrava vibrare...

– Bzzz Bzzzzz Bzzzzzzzzz...

Zero Zero Kappa raccolse anche la *mia* pallina e disse: – Non notate qualcosa di strano?

Anche la mia pallina sembrava **normale**.

Poi, però, controllai bene la marca... il numero... e mi accorsi che non era quella che avevo scelto: qualcuno aveva scambiato la mia pallina. Questa pallina emetteva un leggerissimo ronzio... e sembrava vibrare...

– Bzzz Bzzzzz Bzzzzzzzzz...

Zero Zero Kappa gridò con decisione:

– Nonna Rasmaussen, la prego ora di farci vedere che cosa contengono le sue TASCHE!

AVETE CAPITO ANCHE VOI QUAL ERA IL SEGRETO DI MOLLY RASMAUSSEN???

Questa era la mia pallina originale... notate il numero e la marca!

MARCA ULTRATOP

SERIE N° 131313

Questa pallina non emette ronzii e non vibra!

MOLLY USAVA PALLINE RADIOCOMANDATE!

Lei strillò:
– NON CI PENSO NEANCHE!

Sally intervenne: – No, nonna, no! Dico! Adesso anch'io voglio vederci chiaro. Tira fuori quello che hai in tasca! DICO!

Controvoglia, Molly Rasmaussen obbedì. Nella tasca destra, c'erano due apparecchi: uno con un pulsante ROSSO, l'altro con un pulsante BLU. Sul primo c'era scritto 'M.R.'.

Sull'altro c'era scritto 'G.S.'.

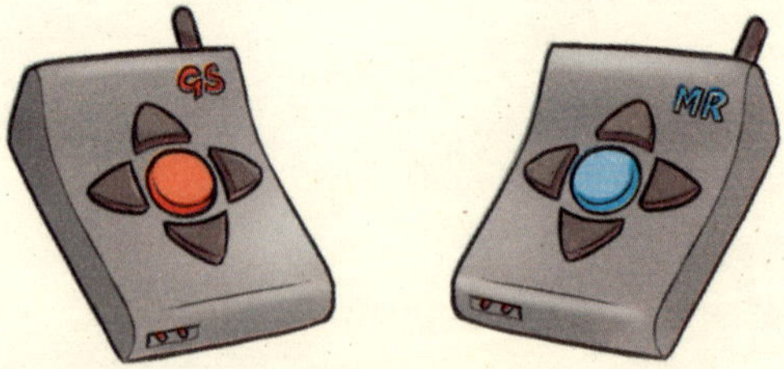

Per mille mozzarelle: erano le iniziali del suo nome e del mio nome!
Zero Zero Kappa annunciò **severo**:
– Ecco gli **APPARECCHI** con i quali lei comandava a distanza la *sua* pallina, per mandarla in buca... *e la pallina di Geronimo,* per mandarla **DAPPERTUTTO**, tranne che in buca!
Poi si girò verso di me e disse: – Ecco perché la *tua* pallina finiva sempre in posti strani, dove ti era **DIFFICILE** giocarla!
Tutto il pubblico che seguiva la gara rumoreggiò: – **Una pallina radiocomandata?**
– Una pallina radiocomandata?
– Una pallina radiocomandata?

Che vergogna!
Vergogna!

Ti ho riconosciuto! Tu sei...

Anche Sally gridò: – Che vergogna! Dico! Non avrei mai immaginato che mia nonna mi facesse fare una **FIGURACCIA** simile. Il campo da golf è l'unico luogo al mondo dove anch'io seguo le regole, dico! **VERGOGNA**, nonna Rasmaussen!

L'altra gridò: – Zitta, tu! Non me ne importa nulla del golf, a me importa solo **RUBARE** la **SUPER TOPOCOPPA!**

Sally guardò Molly allibita.

– Ma nonna...

Molly strillò: – Ma possibile che non hai ancora capito chi sono *veramente*?

Molly allora fece qualcosa che ci stupì...

Si strappò dal viso una maschera di **GOMMA**...

si **RADDRIZZÒ** di colpo...

si tolse la **DENTIERA**...

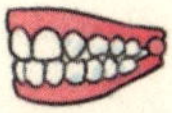

e anche la **parrucca**...

poi, girando su se stessa, lanciò in aria gli abiti da vecchietta.

Solo allora la riconobbi.
E rimasi allibito.

QUELLA NON ERA LA NONNA DI SALLY...
ERA OMBRA!

Sapete chi è Ombra???

OMBRA

NOME: Ombra

COGNOME: Rasmaussen

CHI È: È la cugina di Sally Rasmaussen.

PROFESSIONE: Ombra è la ladra più famosa di Topazia; senza scrupoli, è disposta a tutto pur di arricchirsi.

SEGNI PARTICOLARI: Per mettere a segno i suoi colpi, si traveste sempre in maniera diversa.

CURIOSITÀ: Per camuffarsi usa maschere di gomma, parrucche e dentiere... Ma anche sotto gli abiti meno sospetti, porta immancabilmente la sua tutina nera da ladra!

DOV’È LA VECCHIETTA?

Prima che potessimo fare qualcosa, Ombra già fuggiva verso una **MACCHIA DI PINI**, che costeggiavano la BUCA 17.

Oh, come ***CORREVA!***

Zero Zero Kappa e io provammo a inseguirla, ma prima che potessimo raggiungerla, lei balzò su un mini-elicottero nascosto tra i pini e decollò, gridando dall’alto:

– Acchiappami, babbeo!

Io avevo l’impressione che l’insulto ‘BABBEO’ fosse rivolto proprio a me!

In quel momento però mi colse un altro pensiero: se quella era *OMBRA*... dov’era la

VERA nonna di Sally Rasmaussen?
Come se mi avesse letto nel pensiero, Zero Zero Kappa disse: – Lasciamo perdere Ombra... per ora! Cerca la **vecchietta**, potrebbe essere in pericolo!
Poi abbassò la voce: – Quando avrai finito la gara ci vediamo qui, dietro questo cespuglio, ti devo parlare di una cosa molto importante e **molto molto segreta!**
Io mi affrettai verso la Club House, ma poco dopo sentii la sua voce: – Ehi, pssst, Geronimo!
Mi guardai intorno ma non vidi **NESSUNO**.
Stavo già iniziando a pensare che mi ero immaginato tutto, quando il mio amico Zero Zero Kappa sbucò da dietro un **TRONCO.**
– Ehi, Ger, cerca di **vincere** la gara, capito? Ricordati che *loro* ti tengono d'**OCCHIO!**

E ricordati l'appuntamento: ti devo parlare di quella cosa SEGRETA...

Chi erano *loro*? Di che cosa mi doveva parlare il mio amico Zero Zero Kappa?

Decisi che ci avrei pensato più tardi: prima dovevo SALVARE la nonna di Sally!

Tornai di corsa alla Club House e iniziai a cercare in tutti gli angoli nascosti, nei sottoscala, nelle cantine, nei bagni, negli spogliatoi... strillando:

NONNA RASMAUSSEN! NONNINA!

Quando passai davanti alla porta di uno sgabuzzino per le scope, sentii uno strano rumore soffocato:

– Mmmmmpf... mmmmpfff!

Spalancai la porta: legata e imbava-

gliata in un angolo c'era lei: la vera Molly Rasmaussen!
Quando le tolsi il BAVAGLIO, venni travolto da una valanga di parole: – Perché non mi ha salvato prima? Non mi sono divertita a restare in quello SGABUZZINO per ore e ore! Non si tratta così una signora, capito? Poi lo sa che io dovevo vincere una gara importantissima? Dovevo SCONFIGGERE Torquato Travolgiratti, capito? Io sono Molly Rasmaussen, la Leggenda del Golf, capito?
Io mi affannai per liberarle le mani e iniziai a spiegarle che volevo solo aiutarla: – Signora Rasmaussen stia TRANQUILLA, è tutto finito, io sono *Geronimo Stilton*, sono io che...
Ma lei non mi lasciò finire: – Giovanotto, ha detto *Geronimo Stilton*?

Io mi aspettavo che mi ringraziasse per averla salvata, così ripetei, inchinandomi e accennando un impeccabile baciazampa: – Sì, sono io, Stilton, *Geronimo Stilton*!

– Il famoso Stilton, il direttore dell'*Eco del Roditore*? Il nipote di Torquato Travolgiratti?

– Sì, signora sono proprio io, al suo servizio!

Allora lei mi tirò la borsetta sulla testa: – Ah, sei tu? Allora prendi questa e questa e questa!

Buca 18

Fui costretto a scappare per tutta la Club House, mentre cercavo di spiegare a Molly che non era colpa mia se lei era stata chiusa nello sgabuzzino, ma di Ombra!
Intanto arrivai alla partenza della BUCA n° 18, perché io e il nonno dovevamo comunque terminare il TORNEO se volevamo vincere la gara.
Per fortuna i giudici di gara riuscirono a BLOCCARE quella vecchietta tremenda e a spiegarle tutto quello che era successo, compreso l'IMBROGLIO di Ombra.
Per la prima volta in mezz'ora, finalmente,

nonna Rasmaussen rimase senza parole.
Quando arrivai alla BUCA 18, io avevo la lingua fuori per la stanchezza, il nonno invece era ancora FRESCO e riposato.
Domandai: – Nonno, rivelami il tuo segreto: come fai ad avere tanta energia?
Lui confidò: – È perché gioco a golf: mi aiuta a restare sempre in FORMA!
Tutt'intorno alla buca, c'era una folla di giocatori. Mi accorsi stupito che c'erano tanti roditori che ben conoscevo: mia sorella Tea, Ficcanaso Squitt, Iena, Trappola, Benjamin, Pandora e naturalmente... Patty Spring! C'era anche mio cugino DINO STILTON, (che è un grande esperto di dinosauri) appena tornato da un lungo viaggio di studi.

BUCA 18

Patty gridò: – **Bravo, Geronimo!**
Diventai rosso: ehm, io ho un debole per Patty Spring, ma non ditelo a nessuno, è un **segreto!** Ero emozionat*issimo*!
Quando finalmente arrivammo sul **GREEN**, la mia pallina era molto lontana dalla buca.
Nonno Torquato mi batté una zampa sulla spalla: – Nipote, se riesci a **IMBUCARE**... abbiamo vinto!
Io tentai di dire: – Ma nonno, sono lontanissimo dalla buca e...
– Niente scuse! Mi serve una vittoria!
Patty gridò: – **Forzaaa, Geronimooo!**
Adesso l'emozione era fortissima. Tutto il pubblico taceva, trattenendo il fiato.
Io mi concentrai. Fissai la buca finché gli occhi mi **LACRIMARONO** per lo sforzo.
Con le zampe **tremanti** posizionai in

IO
TIRAI
VERSO
LA
BUCA...

maniera corretta il *putter**...
Poi tirai verso la buca...
La pallina partì facendo: **PING!**
Corse corse corse verso il centro del green e il mio cuore ora batteva *forte forte forte*, perché era diretta *proprio proprio proprio* verso la buca... finalmente la pallina entrò nella buca, facendo: **ploing!**
Il nonno fece un balletto sul green, strillando:

– SÌ! SÌ SÌ SÌ! BRAVO NIPOTE! ABBIAMO VINTO!

Patty Spring mi corse vicino e gridò: – Ooooh, G, come sono fiera di te!
Poi mi diede un bacio sulla guancia.
IO SVENNI PER L'EMOZIONE.

Il putter è una mazza speciale che si usa sul green.

LO SPORT UNISCE TUTTI I RODITORI

Quando il Presidente della Lega Golf Roditori ci consegnò la **SUPER TOPOCOPPA**, annunciai: – Dedico la vittoria al roditore che mi ha fatto scoprire l'**IMPORTANZA** dello sport: Torquato Travolgiratti, mio nonno!
Molly intanto borbottava: – Volevo vincere io la coppa, capito? Non per niente mi chiamano la Leggenda del Golf!
Il nonno gridò: – **GIÙ LE ZAMPE DALLA COPPA!**
Per un anno la Super Topocoppa è nostra.
Molly strillò a squarciagola: – Ma l'anno prossimo la vincerò io con mia nipote!
Sally mi saltò al collo: – La coppa volevo

vincerla io con la mia nonnina Molly, dico!
Le due Rasmaussen vennero gentilmente allontanate dalla Club House:
– Signore, occorre un po' di spirito sportivo, controllatevi! Imparate a perdere con classe!
Ma loro continuarono a protestare e a strillare finché furono lontane.
– Te la do io la CLASSE, dico!
– Non finisce qui giovanotto, capito? Io sono la Leggenda del Golf, capito?
Io SORRISI: – Tale nipote... tale nonna!
Andammo tutti verso il bar per festeggiare la vittoria. Io già mi pregustavo le specialità della Club House.
GNAMMM! Avevo una fame felina...
Chiesi al nonno: – Che cosa mi consigli di prendere?

Lui mi strizzò l'occhio: – Vediamo... Ti consiglio di prendere... *delle lezioni di golf, nipote!*
Scoppiammo a ridere tutti insieme, in un caldo cerchio di allegria, affetto e amicizia.
Fu proprio in quel momento che diedi un secondo morso alla mia deliziosa tartina del golfista, una specialità della Club House a base di formaggio e verdure e... mi trovai sotto i denti un messaggio del mio amico Zero Zero Kappa.

Mi nascosi dietro una colonna per leggerlo, diceva:

UN APPUNTAMENTO MOLTO SEGRETO, ANZI SEGRETISSIMO!

Questa volta non volevo far aspettare il mio amico, così con una scusa mi precipitai fuori e raggiunsi Zero Zero Kappa al luogo dove ci eravamo dati *appuntamento*.
Quando arrivai non vidi nessuno.
Mi guardai intorno *stupito*, ma vidi solo cespugli curati e alberi verdi.
Non c'era *traccia* del mio amico.
Che strano, aveva insistito così tanto, chissà che cosa doveva dirmi?
Chissà?
Chissà??
Chissà???

Stavo per andarmene quando una zampa mi afferrò per il colletto e mi tirò dentro un cespuglio.

Io protestai: – Kornelius, per una volta non puoi darmi appuntamento e parlarmi come tutti i roditori normali? Che bisogno c'è di fare sempre il misterioso?

– C'è bisogno, c'è bisogno e... sarà meglio che ti abitui!

– Come sarebbe a dire?

– Sarebbe a dire che hai superato l'esame!

– Quale esame, scusa, io non mi sono iscritto a nessun esame...

– Tu non lo sapevi, ma eri lo stesso sotto

esame. *Loro* ti hanno osservato e ti hanno giudicato adatto, anzi adatt*issimo*!

Complimenti Geronimo!

Poi mi abbracciò commosso, stritolandomi con le sue zampe **MASSICCE**.

Io strillai: – Basta! Chi sono *loro*? E sono stato giudicato adatt*issimo*... a che cosa?

Lui mi fece *toc toc* sulla fronte: – Ma non hai ancora capito? Ora sei anche tu un **Agente Segreto!** *Loro* sono i capi dei P.S.S.S.T. (*Potenti Servizi Segreti Segretissimi Topeschi*)! Il tuo nome in codice sarà **Zero Zero G!**

– Ma io non credo di essere il tipo, *anzi il topo*, giusto...

Lui mi disse severo: – Non puoi rifiutarti: è un onore **DIFENDERE** L'Isola dei Topi dai cattivi!

A quel punto accettai.

Che cos'altro potevo fare?
Da quel giorno, ogni tanto, quando meno me l'aspetto, ricevo i MISTERIOSI MESSAGGI di Zero Zero Kappa e vengo catapultato in misteriose **AVVENTURE** mozzafiato *(e in faticosissimi programmi di addestramento)*!
Ma tutto questo ve le racconterò un'altra volta, parola di roditore!

QUIZ

SAPRESTI GIOCARE A GOLF?

Ora tocca a te: sapresti giocare a golf?
Rispondi alle domande e segna le soluzioni su un foglio.
Poi capovolgi la pagina e controlla se hai risposto giusto!

1 Mentre un altro giocatore gioca, tu devi:

a) stare in silenzio per non disturbarlo
b) fargli il solletico
c) raccontargli barzellette per tenerlo allegro.

2 Da quante buche può essere composto un campo da golf:

a) quattro o venti buche
b) nove o diciotto buche
c) sette o trentadue buche.

Soluzioni: 1-a; 2-b; 3-b; 4-b; 5a.

3 Nel gioco del golf:

a) ognuno è arbitro di se stesso
b) esiste un arbitro
c) esistono tanti arbitri.

4 Nel gioco del golf...

a) non esistono regole di gioco
b) esistono regole di gioco molto precise
c) si può giocare anche senza regole.

5 Quando e dove è stato inventato il golf?

a) in Scozia nel XV secolo
b) in Francia nel XX secolo
c) in Italia nel XVI secolo.

RICORDA:

c'è lo sport giusto per ciascuno di noi. Non importa quale sport scegli, purché ti piaccia e sia adatto a te! Lo sport è amicizia... a Topazia e in tutto il mondo!

INDICE

TOPOCOLLEZIONE

Segna con una **X** tutti i libri che hai già letto!

- **1** Il misterioso manoscritto di Nostratopus
- **2** Un camper color formaggio
- **3** Giù le zampe, faccia di fontina!
- **4** Il mistero del tesoro scomparso
- **5** Il fantasma del metrò
- **6** Quattro topi nella Giungla Nera
- **7** Il mistero dell'occhio di smeraldo
- **8** Il galeone dei Gatti Pirati
- **9** Una granita di mosche per il Conte
- **10** Il sorriso di Monna Topisa
- **11** Tutta colpa di un caffè con panna
- **12** Il mio nome è Stilton, Geronimo Stilton
- **13** Un assurdo weekend per Geronimo
- **14** Benvenuti a Rocca Taccagna
- **15** L'amore è come il formaggio...
- **16** Il castello di Zampaciccia Zanzamiao
- **17** L'hai voluta la vacanza, Stilton?
- **18** Ci tengo alla pelliccia, io!
- **19** Attenti ai baffi... arriva Topigoni!
- **20** Il mistero della piramide di formaggio
- **21** È Natale, Stilton!
- **22** Per mille mozzarelle... ho vinto al Tototopo!
- **23** Il segreto della Famiglia Tenebrax
- **24** Quella stratopica vacanza alla pensione Mirasorci...
- **25** La più grande gara di barzellette del mondo
- **26** Halloween... che fifa felina!
- **27** Un vero gentiltopo non fa... spuzzette!
- **28** Il libro-valigetta giochi da viaggio
- **29** L'isola del tesoro fantasma
- **30** Il Tempio del Rubino di Fuoco
- **31** La maratona più pazza del mondo!
- **32** Il libro dei giochi delle vacanze
- **33** Il misterioso ladro di formaggi
- **34** Uno stratopico giorno... da campione!
- **35** Quattro topi nel Far West!

- **36** In campeggio alle Cascate del Niagara
- **37** Ahi ahi ahi, sono nei guai!
- **38** La vita è un rodeo!
- **39** La Valle degli Scheletri Giganti
- **40** È arrivata Patty Spring!
- **41** Salviamo la balena bianca!
- **42** Lo strano caso della Pantegana Puzzona
- **43** Lo strano caso dei Giochi Olimpici
- **44** Ritorno a Rocca Taccagna
- **45** La mummia senza nome
- **46** Lo strano caso del vulcano Puzzifero
- **47** Agente segreto Zero Zero Kappa
- **48** Lo strano caso del tiramisù
- **49** Il Mistero degli Elfi
- **50** Il segreto del Lago Scomparso
- **51** Te lo do io il Karate
- **52** Non sono un Supertopo!
- **53** Il Furto del Diamante Gigante
- **54** Ore 8: a scuola di formaggio!
- **55** Chi ha rapito Languorina?
- **56** Non mi lasciare, Tenebrosa!
- **57** La corsa più pazza d'America!
- **58** Attacco alla statua d'oro!
- **59** Lo strano caso del Sorcio Stonato
- **60** Il tesoro delle Colline Nere
- **61** Il mistero della perla gigante
- **62** Sei ciccia per gatti, Geronimo Stilton!
- **63** Che fifa sul Kilimangiaro!
- **64** Lo strano caso del Fantasma al Grand Hotel
- **65** Il mistero della gondola di cristallo
- **66** Brodo di topo... e ghigni felini
- **67** Lo strano caso del Calamarone Gigante
- **68** Il segreto dei tre samurai
- **69** Datti una mossa, Scamorzolo!
- **70** Da scamorza a vero topo... in 4 giorni e mezzo!
- **71** Lo strano caso della Torre Pagliaccia
- **72** Lo strano caso del ladro di notizie
- **73** Sei in trappola Geronimo Stilton!
- **74** Il mostro di Lago Lago
- **75** C'è poco da ridere, Stilton!

- **76** S.O.S. c'è un topo nello spazio!
- **77** La Banda del Gatto
- **78** Grosso guaio in Mato Grosso
- **79** Giù le zampe dal mio oro!
- **80** Viaggiare... che passione!
- **81** Ingrana la marcia, Stilton!
- **82** Inseguimento a New York
- **83** Ci mangeremo... Geronimo Stilton!
- **84** Ma che vacanza... a Rocca Taccagna!
- **85** Lo strano caso del ladro di croste
- **86** Dov'è sparito Falco Rosso?
- **87** Geronimo cerca casa
- **88** Il tesoro di Valle Valgatta
- **89** La gara dei supercuochi
- **90** Lo strano caso dei brufoli blu
- **91** Il mistero delle Sette Matrioske
- **92** Caccia al Libro d'Oro
- **93** Il tesoro di Rapa Nui
- **94** C'è un pirata in Internet
- **95** Una tremenda vacanza a Villa Pitocca!
- **96** Lo strano caso dei formaggi strapuzzoni
- **97** Il mistero del papiro nero
- **98** Allarme... topo in mare!
- **99** Appuntamento... col mistero!
- **100** Il Castello delle 100 Storie
- **101** Il mistero del rubino d'Oriente
- **102** Operazione panettone
- **103** Un topo in Africa
- **104** La magica notte degli Elfi
- **105** Il mistero del violino scomparso

L'ECO DEL RODITORE

1 Ingresso

2 Tipografia (qui si stampano i libri e giornali)

3 Amministrazione

4 Redazione (qui lavorano redattori, grafici, illustratori)

5 Ufficio di Geronimo Stilton

6 Tetto con giardino e orto biologico

9
1
18
2
8
4
3
12
32
13
11
10
19
45
22
46
5
20
15
17
7
40
24
26
25
28
33
14
16
38
27
36
23
37
21
31
29
35
44
41
30
34
6
39
42
43

TOPAZIA, LA CITTÀ DEI TOPI

1 Zona industriale di Topazia
2 Fabbriche di Formaggi
3 Aeroporto
4 Televisione e radio
5 Mercato del Formaggio
6 Mercato del Pesce
7 Municipio
8 Castello Snobbacchiottis
9 Sette colli di Topazia
10 Stazione ferroviaria
11 Centro Commerciale
12 Cinema Topeon
13 Palestra Topgym
14 Salone dei Concerti
15 Piazza Pietra Che Canta
16 Teatro Tortiglione
17 Grand Hotel
18 Ospedale
19 Orto Botanico
20 Bazar della Pulce Zoppa
21 Casa di zia Lippa e di Benjamin
22 Museo di Arte Moderna
23 Università e Biblioteca
24 Gazzetta del Ratto
25 Eco del Roditore
26 Casa di Trappola
27 Quartiere della Moda
28 Ristorante Fromage d'Or
29 Centro per la Difesa del Mare e dell'Ambiente
30 Capitaneria di Porto
31 Stadio
32 Campo da Golf
33 Piscina
34 Tennis
35 Parco dei divertimenti
36 Casa di Geronimo
37 Quartiere degli Antiquari
38 Libreria
39 Cantieri navali
40 Casa di Tea
41 Porto
42 Faro
43 Statua della Libertà
44 Ufficio di Ficcanaso Squitt
45 Fattoria biologica
46 Casa di nonno Torquato

ISOLA DEI TOPI

1 Grande Lago di Ghiaccio
2 Picco Pelliccia Ghiacciata
3 Picco Telodoioilghiacciaio
4 Picco Chepiufreddononsipuò
5 Topikistan
6 Transtopacchia
7 Picco Vampiro
8 Vulcano Sorcifero
9 Lago Zolfoso
10 Passo del Gatto Stanco
11 Picco Puzzolo
12 Foresta Oscura
13 Valle Misteriosa
14 Picco Brividoso
15 Passo della Linea d'Ombra
16 Rocca Taccagna
17 Parco Nazionale per la Difesa della Natura
18 Las Topayas Marinas
19 Foresta dei Fossili
20 Lago Lago
21 Lago Lagolago
22 Lago Lagolagolago
23 Rocca Robiola
24 Castello Zanzamiao
25 Valle Sequoie Giganti
26 Fonte Fontina
27 Paludi solforose
28 Geyser
29 Valle dei Ratti
30 Valle Panteganosa
31 Palude delle Zanzare
32 Rocca Stracchina
33 Deserto del Tophara
34 Oasi del Cammello Sputacchioso
35 Picco Cocuzzolo
36 Giungla Nera
37 Rio Mosquito
38 Porto Crostolo
39 Porto Sorcio
40 Porto Tanfoso
41 Porto Schifio
42 Topoforte
43 Topazia
44 Galeone dei Gatti Pirati
45 Colline Felici